Meines Vaters Sohn

...aus dem Leben eines Arbeiterkindes

Dieses Buch widme ich meinem Vater,
für all'das was er mir in die Wiege legte.

Seine Angst, seinen Schmerz,
seinen Zorn, seinen Zweifel, ….

Seine Angst in meinem Herzen,
Sein Zorn unter meiner Haut.

…all` dass lastet wie ein Schatten auf mir!

Franz Molnar

Meines Vaters Sohn
….aus dem Leben eines Arbeiterkindes

Erstausgabe
April 2016

Herstellung und Verlag:
BoD - Books on Demand, Norderstedt
ISBN 978-3-7392-2864-8

Inhaltsverzeichnis

Vorwort………………………….. 7
Artikel…………………………. 10
Einleitung……………………… 15

1. Kapitel

Im Schatten der Idylle

Zuhause……………………….. 19
Kindertage……………………. 26
Tagträume ……………………. 35
Das Los des älteren Bruders………. 37
Der redliche Bürger ……………. 41
Das Dorfgericht ……………….. 43
Der Fall Gustav G. ……………… 47

2. Kapitel

Verraten und Verkauft!

Der Umzug ……………………. 53
Lehrjahre ……………………. 56
Kein Weg zurück ……………….. 64
Wohin? …………………… 68
Angekommen! ………………….. 77

Auf der Suche ……………….. 81
Reflexion …………………… 83
...und am Ende doch nichts! …….. 88

Poesie & Schmerz

Der Schatten
(...oder wie man ein Kind tötet!)
♪ 13
Das Schweigen
♪ 25
Kindertränen
♪ 29
Kinderträume
♪ 34
Herbststimmung
♪ 36
Das Schicksal (Hölderlin)
♪ 86
Traumräume
♪ 76
Freiheit

Vorwort

Wer sein Kind liebt, der züchtigt es, so ließ es schon das Alte Testament unter Salomon 13, 24 verlauten.

Ob Sadismen, Furcht (Aberglaube),
Unterwefungsrituale bis hin zur Selbstkasteiung. All `dass was seit Jahrhunderten von Generation zu Generation, dem Kind zur Selbstdisziplinierung anerzogen wird.
Bedienungsloser Gehorsam und Selbstverleugnung sind in diesem Zusammenhang als Notwendigkeit in einem gnadenlosen Verdrängungswettbewerb gesellschaftlich erwünscht.
Die christliche Erziehung also eine Art Probelauf für das Leben?
Sadismus aus Liebe?
Die erzwungene eigene Verleugnung ein Selbstschutz? (A. Miller)

Dieses Buch ist kein Roman, ebenso wenig wie ich ein Schriftsteller bin. Denn weder erschaffe ich Figuren, noch vermag ich, sie mit einer fantasievollen Geschichte erfreuen.

Nein, diese meine Geschichte ist nur eine Erzählung.

Eine Erzählung die so vergleichbar ist unter all´den Geschichten die im verborgenen bleiben.
Vergleichbar in der Suche nach Identität,
vergleichbar in der Selbstverleugnung,
vergleichbar im Schweigen.
Einer Stille, die einem an ein Grab erinnern muss. Das Schweigen derer, die Wissen wie vergleichbar meine Geschichte ist.[1]
Was hinter den eigenen vier Wänden geschieht,geht niemand etwas an, so haben wir es gelernt!
Jene, für die der Gehorsam das Erbe war.
Jene die Untertänigst ihren Zorn, ihre Angst oder die Frustration vor der Öffentlichkeit verbergen.
Jene, die im Schatten ihrer Väter selbst die Tyrannei ins heimische Zimmer brachten.
Nein, meine Geschichte ist nichts Besonderes, sie passiert Tag für Tag!

---

1 *Ein Schweigen das aus der Erkenntnis herrührte dass eine Beschwerde bezüglich der häuslichen Gewalt, eher dem Kind angelastet wurde das die »Erziehungsberechtigten« in Frage stellte, als den Eltern.*

　　Denn das Kind ehrte offensichtlich seine Erzieher nicht im ausreichenden Maße!

Diese Geschichte ist meine!

Europas letzte Diktatur ....[2]
(Berichte)

.... Woche für Woche werden in Deutschland fast 70 Kinder krankenhausreif geprügelt, getreten, geschüttelt, gebissen, gewürgt oder verbrüht. Davon sterben im Schnitt drei an den Folgen schwerster Misshandlungen – begangen in aller Regel von Vätern, Müttern oder Lebenspartnern eines Elternteils. Doch nur ein Bruchteil der Misshandlungen wird aufgedeckt oder angezeigt. Experten gehen deshalb von einer hohen Dunkelziffer aus. Eher zurückhaltend geschätzt, sind es pro Jahr etwa 200.000 schwerst misshandelte und rund 320 getötete Kinder.......
(Werner Mathes / Stern/ 30. 01. 2014)

In Frankreich hatte die Frage zuletzt im vergangenen Mai für kontroverse Debatten gesorgt.

---

2 *...regiert das Kinderzimmer!*
(Diktatur bezeichnet eine Herrschaftsform, bei der die demokratischen Rechte abgeschafft sind und die Macht .... von einer Einzelperson oder einer Gruppe uneingeschränkt ausgeübt wird.) <u>Bundeszentrale f. politische Bildung.</u>

Ein Vorstoß der Grünen, jegliche körperliche Züchtungen für Kinder - auch innerhalb der Familie - zu verbieten, fand in der Nationalversammlung keine Mehrheit. Nicht zuletzt konservative katholische Familienverbände pochen auf das Recht der Eltern, bei der Erziehung auch die "fessee" einzusetzen, also ihren Kindern den Hintern versohlen zu dürfen.

Quelle: (3. März 2015, News.at)

Dass Gewalt gegen die eigenen Kinder in Österreich nach wie vor keineswegs eine Ausnahmeerscheinung ist, zeigt eine Studie, die Familienministerium Sophie Karmasin (ÖVP) präsentierte. Demnach erlebt jeder zweite Jugendliche Gewalt als Erziehungsmaßnahme – sei es in körperlicher oder psychischer Form. 20 Prozent gaben an, schon heftige Ohrfeigen bekommen zu haben und mit Ohren-Ziehen oder Haare-Reißen gezüchtigt worden zu sein.

Quelle: (Kurier 2014, Birgit Seiser, Michael Berger)

Gewalt in der Kindererziehung ist in der Schweiz nicht explizit verboten. Dies trotz internationaler Verpflichtungen und Modellsystemen in anderen Ländern wie etwa Deutschland oder Schweden. Das Schweizer Parlament lehnte ein Verbot der Gewaltanwendung in der Erziehung letztmals 2008 ab. Seither herrscht mehr oder weniger Stillstand in diesem Themenbereich.

Quelle: (humanrights.ch)

Der Schatten
(…...oder wie man ein Kind tötet !)

Lang war der Weg bis es sich bog nach
Wunsch -
 voll Widerstand und Schmerz,
 wollte fühlen, wollte haben dieses kindlich
Herz.
 Es biegen, es formen waren Vater und Mutter
Schmied
 damit der Knabe das wild sein vermied.
 Der Knabe schrie, weinte und litt
 als verlor er seine Seele -
 als gebe man ihm einen tritt.
 Doch der Schmied formte ihn
 brannte ihn mit harter Hand -
 nahm ihm den Willen,
 formte den Verstand .

Das Kind im Zügel nun
wollte jetzt nur noch das Rechte tun,
Es wurde schweigsam -
 strengte nicht mehr an,
 ich lenkte es mit strengem Blick
 und es folgte mir sodann.
 Wie ein Schatten wuchs und schrumpfte es
nun in meinem Lichte
 alles was im eigen war machte es selbst zu-
nichte.
 Vorbei die Zeit in der der Knabe sich quälte,

weil nur das Licht für ihn noch zählte.
Der Knabe der nur noch Schatten war
verhielt sich nun wunderbar.
Er forderte nicht,
er klagte nicht über seine Not.
Er sah zu mir auf -
und er aß mein Brot !

Einleitung

Fünfzig Jahre schon lange vergangen, eine Ewigkeit im Nichts.
Im Strudel der Zeit mitgerissen vom Schicksal derer denen man den Gehorsam lehrte.
Da bin ich nun ausgespuckt wie Strandgut am morgen danach!
Die Krise der Welt zuhause in meinem Zimmer.

Unterschicht nennen sie es, wenn es dich dort hin spült, wo das Leben keinen Halt mehr findet.
Gezeichnet von den Tränen einer schon längst vergangen Zeit.

(Zu vorsichtig für das große Glück, zu ängstlich für den Kampf.)
Zu verwirrt in der eigenen Verleugnung um sich selbst zu verstehen, zerrissen in verbotenen Gefühlen. Ein Instrument auf dem andere spielten, stets zur Verfügung.
Strafende Logik im Bann der Erinnerung.
Versäumte Zärtlichkeit im Schatten des Lebens.
Freiheit hängt im Stacheldraht.
Gescheitert an kindlicher Prägung.
Freiheit, was bleibt ist die Hoffnung eines Narren?!

Eigentlich kommt es nicht überraschend, so nach und nach verlor ich die Perspektive.
Auch vor dem Hintergrund einer Branche in der Menschen geringfügig- und Jobs billig waren, schlug das zunehmende Alter eine Schneise in mein Leben.
Meine Arrangements wurden kürzer und der Rhythmus des Lebens verlor zunehmend seine Struktur.
Alte Prophezeiungen krochen im Schatten meiner Ängste ins Licht, holten mich ein und verstellten mir den Weg .
Leidensbereitschaft statt Leidenschaft verirrt im Sturm des Lebens.

Im Ozean der Gefühle brechen sich die Wellen.
Aufgewachsen in den 60er und frühen 70ern wo dörfliche Idylle nur Außenstehenden verdeckte was im Schatten des trauten Heims geschah!
Eine schlichte Arbeiterwohnung zeugte von den Entbehrungen jener, die das Leben vergessen hatte. Jener die ihre Verzweiflung trugen wie eine Schuld.
 Jener die ihren unterdrückten Zorn Raum gaben im Schatten des trauten Heims.
Schreie die niemand hören wollte, Zucht als Tradition, so alltäglich wie gewaltig.
Abverlangte Unterwerfung von Unterwürfigen erzwungen. So fern all dies und doch … Die Wunden sie bluten noch!

.... aus Se<u>bastia</u>ns Traum (Georg Trakl)

>Dieser schweigenden Trauer; Nächte,
>Erfüllt von Tränen, feuriger Engel.
>Silbern zerschellt an karger Mauer
>ein kindlich Gerippe.

1. Kapitel

Im Schatten der Idylle

Zuhause

Bezeichnenderweise war es eine Sackgasse, da wo mein Leben begann. Fern vom Widerstand der Jugend tief im Nichts, da wo Klischees zur Tradition wurden und Provinzielles eine Religion war.[3]

Hier in mitten einer Arbeitersiedlung scharf durchschnitten von einer Straße die den Weg in die Zivilisation frei gab(... oder dazu aufforderte nicht stehen zu bleiben).

Jenseits der Straße verkündete eine Kapelle eine menschliche Ansiedlung, ein alter Kastanienbaum thronte wie ein Wächter Gottes unweit von der Kirche, er warf jene Früchte ab die uns, als Wildfutter beim Jäger ein kleines Taschengeld bescherten. Dieses reichte in der Regel für einen Eisbecher oder andere Begehrlichkeiten!

In kurzen Lederhosen (die ich hasste!)und mit Filzhut bedienten wir zwangsweise jedes Klischee das man damals von einem Dorfkind erwartete. Dem Schein wurde genüge getan.

---

[3] *(Es erben sich Gesetz und Rechte wie eine ewige Krankheit fort, von Geschlecht zu Geschlechte ziehen sie sanft von Ort zu Ort.*
   W. Shakespeare)

Unser Widerspruch wurde der Zweck-mäßigkeit untergeordnet.

Es war aber auch zu dieser Zeit nicht üblich in diesem Umfeld einem Kind die Möglichkeit zu einen solchen Widerspruch einzuräumen.

Nein, das »unfertige« Kind das noch einer Erziehung bedurfte, hatte sich zu beugen.

Dieser Anspruch nach Macht, nach Unterwerfung des Kindes, sowie der Versuch dieses durch gezielte Manipulation oder gar durch gezielte Unwahrheiten erreichen zu wollen war jedoch in meiner kindlichen Logik nicht vorstellbar. In meiner Wahrheit war der Geist der Erwachsenen ebenso frei von jeglichen Hintergedanken, als jener in dem sich meine unerschütterliche Hoffnung nach Gerechtigkeit widerspiegelte.

In jenen grundsätzlichen Irrtum der Wahrhaftigkeit als Maß anlegte, wurde der Versuch meiner Unterwerfung zur Existenzfrage für beide Seiten. Einem Scheitern im eigenen Maß, einem Verleugnen um zu Überleben.

Ohnmächtig wie ein angeschlagener Boxer nicht mehr in der Lage die Deckung aufrecht zu erhalten stand meine Illusion in der Arena des Lebens. Wie jener Boxer der seine Niederlage nicht akzeptierten, konnte.

Aus der Asche meiner Neugier erwuchs jenes Wesen, das Veränderungen fürchtete und Gefühle verleugnete.

Das immer häufiger versuchte, sich Zuneigung durch kleine Gefälligkeiten zu erkaufen.
Zerrissen im inneren Widerstreit verbarg ich das Kind, das nur Last war.
Träume wie Peitschenhiebe dokumentierten den Verrat an mir selbst.
Neidisch auf alles Lebendige!
Verrat, rief der Zorn in mir!
Verrat, rief die Angst in mir!
Verrat, rief mein Schmerz!
Schweigen, wo ich schreien möchte.
Angst, wo ich fühlen möchte.
Zwang, wo Freiheit seinen Raum sucht.
Verrat!

    Diesseits der Straße sorgten einige sporadisch angelegte Schrebergärten für eine Grundversorgung an Salat und Gemüsen.
    Ein Wasserreservat unweit von den aufgehäuften Beeten und des hier vorbeifliesenden kleinen Baches ergänzten das Bild, das hinter biederen Fassaden ihren Abschluss fand.
    In jenen bürgerlichen Arbeiterwohnungen, in denen Familien versuchten den Anschein von Normalität zu erwecken.

Hier am Ende der Straße beginnt meine Geschichte.

Eine Geschichte die ihre Zwangsläufigkeit in der psychischen Labilität meines Vaters ebenso verankert ist, wie in den Ängsten meiner Mutter.

Zwei Zimmer tristes verblieben nur von Vaters Traum der Freiheit.
Auf der Flucht vor heimischer Knechtschaft, ausgemerzt aus dem Kern einer Großfamilie wo der Rhythmus des Lebens bestimmt war vom Willen des Vaters. Es war wohl jenes soziale Scheitern, jener unausgetragene Konflikt zwischen Vater uns Sohn, der so unerbittlich dem Kind die Anerkennung verweigerte, der letztlich auch mir dieses Erbe hinterließ, doch von all dem wusste ich damals nichts, denn ich kannte Vaters Vater damals nicht, war er auch so nah das er mit dem Rad in kaum zwei Stunde zu erreichen gewesen wären.

So wurde unsere Geburt von der Hoffnung begleitet, dass der Vater sich um seiner Enkel willen gnädig stimmen ließe, doch der Vater blieb fern, verlangte die Bedienungslose Unterwerfung des Sohnes, der schon längst ein erwachsener Mann war.

So geriet ich fast zwangsläufig in die Schusslinie jenes scheinbar unlösbaren Problems.

Jener Konflikt, der nie offen ausgetragen wurde fand nun stellvertretend auf mir seinen Widerhall, ich wurde zur Geisel in einen Kampf der nicht nur nicht meiner war, sondern schlimmer noch, der ein Konflikt war, von dem ich gar nichts ahnte. Wie hätte ich mich schützen, gar wehren können, wie verstehen das ich nicht das Problem, sondern die Lösung war?!

Seinen Schmerz, ich trug ihn wie der Heiland, festgenagelt auf dem Kreuz auf dem Verbitterung stand!

Zwei Zimmer tristes verblieben, da wo Muttern als Tochter eines Schusters aufwuchs, dort wo man den Nachbarn kannte schon in der zweiten Generation.

Zwei Zimmer tristes bestückt von willkürlich zusammengewürfelte Möbel die schon mehr als ein Zuhause gesehen hatten. Die Nässe zog die Wände hoch, in der Luft lag der Geruch von kaltem Rauch ausgekochter Wäsche und aufgewärmter Suppe.

Weder ein Fernsehgerät noch eine Waschmaschine zerriss dieses Idyll, das durch ein Plumpsklo hinterm Haus seine Vollendung fand. Ein

Kohlenofen deutete so etwas wie Wärme an, vermochte sein Versprechen aber nicht zu halten.

Dreißig Quadratmeter vielleicht fünf mehr vielleicht weniger. Zu begrenzt um sich aus dem Weg zu gehen, geschweige denn um an eine Privatsphäre zu denken, aber solche Gedanken waren im Raum einer Kindheit damals auch nicht vorgesehen.

War es auch nicht nur der Enge des Raums geschuldet, dass es uns ins Freie trieb, meist lag mütterlicher Weisung dem Umstand zugrunde (draußen scheint die Sonne und ihr ..).

So war es doch eine kleine Freiheit, wenn man auch keinen Anspruch darauf hatte.

Denn ein Kind hatte zu meiner Zeit nur unter Vorbehalt einen Anspruch auf Freiraum. Zumeist jedoch schuldete es seinem Ernährer den Respekt, der durch einen bedienungslosen Gehorsam zum Ausdruck kam.

Es war zu dieser Zeit auch nicht üblich Entscheidungen vor den Kindern zu begründen, ein Kind bekam genau so viel Raum wie im die Eltern zubilligten, so habe ich es gelernt!

Das Schweigen!

Dieses Schweigen,
das mich berührte mit kalter Hand.
War meine Heimat,
war fremdes Land.

Dieses Schweigen,
kalter Hauch,
so fremdes Land-
Heimat auch.

Dieses Schweigen,
hinter kalter Mauer
Es stieß mich weg,
hielt mich fern auf Dauer.

Dieses Schweigen,
kalte Hand.
Ich suchte nach Heimat,
in Vaters Land.

Kindertage

Jenseits dessen was gut gelungen war, war ich als "der Kleine" so mangelhaft und bar jeder Norm. Die Hände zitterten ehe sie zu schreiben vermochten, die Zunge verklebte bevor sie sprechen konnte, der Schlaf war geraubt, bevor ich träumen konnte. Zeichen, die jedoch nicht mit meiner Seelennot in Verbindung gebracht wurden, sondern mit früher Geburt. Kurzum ich wurde für dumm erklärt! So wuchs ich heran gezeichnet von Armut, kindlichem Widerstand und wiederholter Peinigung.

Es waren die Erfahrungen des nicht Könnens, des nicht Dürfen, der Unfertigkeit, die mein Denken und Handeln stets begleiteten.

Die Frage wie mache ich es recht überdeckte mehr und mehr eigene Bedürfnisse. Da es nun offensichtlich war, dass ich den Maßstäben derer nicht genügen konnte, die nicht infrage zu stellen waren, mußte letztlich mein denken falsch sein[4].

---

4 *In dieser Logik des Opfer-Täters bedeutet Schweigen Schmerz, bedeutete es Umgehen*
   zu müssen mit einer fiktiven Schuld.
   Öffentliches Klagen wurde als Verrat empfunden.
   Den jene die Ursache für diesen Schmerz waren suggerierten dem Kind ja das jenes erzieherische Schlagen nur zu seinem besten sei.
   Sie selbst aber unter dieser vom Kind erzwungenen Maßnahme am meisten litten.

Ich ahnte nicht das mein Tun oft nur ein Alibi war für das was folgte. So versuchte ich, mich in das Wollen dritter hineinzudenken, dem eigenen Scheitern durch Gefälligkeit entgegenzuwirken.

Eine Ohrfeige ab und zu hat noch keinen geschadet!

So verlautete man oft in einer Runde Gleichgesinnter, niemand widersprach!

Jene die sich „wohlerzogener" Kinder rühmten, die gehorsam und artig der Öffentlichkeit als Stolz der Familie präsentiert wurden.

Ein immer wieder eingeübtes Szenario aber auch eine Prüfung für die »Reife« des Kindes. Jede Geste mit bedacht gewählt um den König und die Königin zu erfreuen. Wie ein Hofnarr vor dem Thron, und doch nie von Bedeutung.

Die welche aber depressiv waren standen im Schatten des öffentlichen Lobes und wurden der Fremdbewertung preisgegeben.

Sie mußten sich den elterlichen Schutz erst verdienen oder wurden schamhaft verborgen!

Die tiefe Ohnmacht, die Angst, das Maß der Verletzung vermag nur jener ermessen, dessen Seele von solchem Leid gezeichnet ist.

In dieser Logik wurde der Gepeinigte zum Mittäter erklärt, und als Komplize zum Schweigen verurteilt.

Vielleicht kommt so manchem die folgende Szene bekannt vor:

»Mein Blick irrte durch den Raum blieb immer wieder an jener Stelle stehen, dort wo die Uhr den Fortschritt der Zeit verkündete.

„Na warte bis Papa kommt!"

In Mutters Stimme lag ein drohender Unterton, diesen Tonfall kannte ich nur zu gut. So stand ich nun in jener Kammer, die zu klein war für die Größe meiner Verzweiflung, wissend was geschehen würde wie so viele Mal zuvor.

„Stell dir vor, was sich der Kleine wieder geleistet hat," schallte es Vater entgegen, als er in das karge Zimmer trat!

Wie mit einer Peitsche schleuderte Muttern den Finger in meine Richtung. Ich hörte die Stimme als wäre sie meilenweit entfernt ein dumpfes dröhnendes Geräusch das von weit her zu kommen schien umhüllte meine Sinne, es war als würde etwas von mir Besitz ergreifen. Was nun folgte war Routine, mein Gesäß wurde blank gelegt, bevor es sich von kräftiger Hand über den Schenkel gezogen der väterlichen Verrichtung entgegenstreckte. Mutter brachte mit einem Ausdruck der Zufriedenheit den Kochlöffel. Ich weiß nicht ob ich vor Angst schrie oder vor Schmerz als in schneller Reihenfolge die Schläge ihr Ziel erreichten. Ich hörte Vaters Stimme:

„Was glaubst du, wer du bist!?"

„Dir werde ich zeigen wer hier der Herr ist!"

Mit jedem Schlag traf mich sein Zorn, seine
Verzweiflung, seine Ohnmacht sein eigenes gefühltes
Scheitern. Wie in Raserei trafen mich die
Schläge, ehe ich wie beiläufig unter den Esstisch
fiel. Vater bekam seine Suppe. Gekrümmt und gedemütigt
lag ich auf den kalten Boden, Tränen
liefen in meinen Mund, als wollten sie mich ertränken!

Im Schatten seiner zerbrochenen Träume zerbrach
er die Meinen. Er benutzte mich wie ein
leeres Gefäß.

Seine Ängste in meiner Seele-
Seine Wunden auf meiner Haut! <<

Vaters Leiden !

Ein Vater sieht mit strengem Blick
des Knaben Mißgeschick -
Hört der Mutter Schrei
das es ein großes Unglück sei
das dieser Junge den sie so lieben
Im Geiste sei zurückgeblieben!

Hieß dem Vater hebe die Hand
gebe mit dieser Lektion dem Kinde
Verstand.

Der Bub der tobte,
der Bub der Schrie,
als Vaters Hand in bog übers
Knie.

So weit weg und doch so nah
das Kind nun, das er nicht sah.
Dieses Kind dessen böse Geister
ich nicht kenne -
Das Kind das ich Vater nenne.

Nun schlägst du zu
und hältst nicht mehr an,
Vater, mein Vater
was hat man dir angetan?

Ich weiß nicht ob es die Leere war oder dieses offensichtliche Unvermögen mich zu lieben die wie ein kalter Wind sich tief in mein Fleisch brannte diese gottverdammte Leere!

Ich definierte die Armut nicht in jenen Tagen, da es die einzige Realität war, die ich kannte, nicht die Sehnsucht nach der Zuwendung diesem Verlangen das mich immer wieder veranlasste sich in feindliches Gebiet zu wagen, Regeln zu missachten und das offensichtlich Unmögliche zu verlangen.

Immer und immer wieder lief ich gegen jene unsichtbare Wand die mich zum Scheitern verurteilte. Ich vermochte sie nicht zu umgehen, wie mein Bruder das mit Geschick verstand. Sie nicht überwinden.

Mittendurch, jedes Scheitern ein Schmerz, eine Kerbe in meiner Seele, mittendurch jenseits des Unmöglichen musste ein Platz sein, der mir gehörte.

Ein vergessener Traum der nur darauf wartete von mir entdeckt zu werden. Es mußte mehr geben als jenes Grau das meinen Alltag bestimmte!

Ich war Fünf als eine spontane Angstattake mich das erste Mal aus dem Haus trieb. Drei Eier nur, trieben mich hinaus um den Schatten zu entflieh`n, der durch den Riss in der Seele, meine Angst offenbarte.

Drei Eier um welche Frau S. bat in Abwesenheit andrer Familienangehörigen. Doch dies war angesichts der sozialen Strukturen in meinem Umfeld eine Entscheidung, die zu treffen mir erlaubt war. So kam ich dem Verlangen unverzüglich nach und streckte mit meinen zittrigen Händen das Gelege in Richtung von Frau S., doch ehe ich es mich versah, fiel eines zu Boden und zerbrach.

Ich erstarrte bei den Gedanken über die Folgen meines Unvermögens, übergab der Nachbarin die Verbliebenen, wand mich an ihr vorbei und lief los.

Ich lief hinters Haus an den Holunderbusch vorbei der links neben dem Gatter stand, welches den Weg frei gab auf eine offene Wiese. (Angst ein treuer Wegbegleiter seit meiner Kindheit. Angst der Schlüssel zum Gehorsam!)

Ich wagte nicht mich umzudrehen oder gar anzuhalten, mein Herz trommelte wie ein Schmiedehammer, begleitet von einem immer schnellere werdenden schnaufen.

Erst brannten noch die Füße, so heftig trat ich auf bei jedem Schritt, doch schon bald schien ich über den Boden zu schweben, das Herz schlug kräftig aber gleichmäßig, der Atem war tief und kontrolliert. Dennoch war ich gezeichnet, als ich vor einem etwa gleichaltrigen Mädchen zum stehen kam und keuchend um Hilfe bat.

Du musst mir helfen, flehte ich, meine Wangen brannten, Schweiß rann mir übers Gesicht, ich zitterte am ganzen Leib. Sie sah mich einen Augenblick prüfend an, bevor sie mir entschlossen die Hand entgegen streckte. Ohne ein Wort zu verlieren zog sie mich hinter sich her. Wir standen vor dem Eingang einer Garage hinterm Haus, vorsichtig öffnete das Mädchen das Tor, betätigte den Lichtschalter und führte mich dann mit sicherer Hand an dem dort abgestellten Fahrzeug vorbei in jene Ecke an der sie mich hinter Reifen und Kartons verbarg.

Draußen hörte ich bald wie vertraute Stimmen meinen Namen riefen,

Tränen liefen mir übers Gesicht.

Kindertränen

In welchen Ozean sollen sie fließen
Die Tränen die die Kinder vergießen?
Welches Meer wäre groß genug
das es ein solches Maß ertrug ?
Das es nicht überquoll
von der vielen Tränen voll.
Müßten wir vielleicht ertrinken
würden sie nicht in einem großen Herz
versinken !?
Wie unbedacht trifft sie oft Vaters und
Mutters Schmerz -
trifft es mit ganzer Wucht .-
doch stets verzeiht das Kinderherz
das nur deine Liebe sucht !

Tagträume

Ich bin dann mal weg!

So selbstverständlich waren mir Müßiggang und Träumerei geworden im Schatten des Alltags fern von den Geistern die die Nacht beherrschten ganz so als ging ich nur von einen Raum in den nächsten.

Ich lag jenseits des Geisterraums mit offenen Augen träumend im Gras, reckte und streckte mich zwischen Klatschmohn und Butterblumen, spürte das Kribbeln der Grashalme in der Nase.

Von einem inneren Frieden berauscht blieb ich alsbald auf dem Rücken liegen. Die Füße gespreizt wie ein Hampelmann und die Arme von gleicher Art. Als wollte ich sagen: „Alles meins!"

Die Sonne blinzelte durch die Blüten, der alte Kirschbaums breitet seine Arme über mir aus, deckt mich zu mit seinem Schatten. Ich sah hinauf zu den Wolken, jene Wolken, die meine Träume trugen.

Da oben wo ich so oft in weißen Daunen lag, dort wo ich das weiche warme Fell von so manch erträumenden Getiers auf nackter Haut spürte.

Halb lagen sie auf -, halb neben mir in einem Gefühl von Zärtlichkeit. So schwebte ich ohne Hast über das Dorf hinweg, sah hinab auf das Treiben der Bewohner!

Kein Groll in meinen Gedanken, kein Schmerz, nur unendlicher Frieden.   In diesen Momenten so weit weg und doch so nah bei mir umfing mich ein Hauch vom Glück, streifte mich der Duft des Lebens, war ich zuhause in einer anderen Wahrheit.

Ein kurzer Moment im Maß des Tages-
Eine Ewigkeit in einem Kinderherz!

Herbststimmung

Zerrissene Träume
zerbrochenes Glück
so viele Schatten
begleiten den Weg zurück.

Gebrochene Flügel
zerrissenes Herz
verwelkte Blätter -
sie zeugen vom Schmerz!

Es erkalten die Träume
liegen auf feuchtem Gras,
wie Sterne von denen
die der Himmel vergas!

Die Nacht wirft lange Schatten

eilt dem Tage voran
wie flüchtiges Glück das wir
 hatten,
und das doch so schnell verrann.

Das Los des großen Bruders

Auch jenseits eines eigenen Besitzstandes, war die Logik das der ältere Bruder den Hof bekam, und der Jüngere eine Lehre außerhalb antrat noch latent in den Köpfen des Kleinbürgertums verankert, das wirkte sich zum einen auf die Förderbereitschaft – zum anderen in der Erziehung zur Verantwortung aus. So war der ältere Bruder einerseits ein stellvertretender Aufpasser, andererseits ein potenzieller Rivale der bezüglich seiner vermeintlichen (und manchmal tatsächlichen) Bevorzugung als Konkurrent immer wieder ein Widersacher.

Aus seiner Sicht aber, dazu verdammt als Kindermädchen für den kleinen Bruder, eigene Interessen zurück zustellen müssen. So war auch ich der Kleine in diesem Sinne manchmal Last, manchmal Gefahr.

Ich biss wie ein tollwütiger Hund, ich trat, ich schlug und warf alles nach ihm, was ich in die

Finger bekam. Glich körperliche Unterlegenheit mit einem kompromisslosen Angriffsverhalten aus.

Mein Bruder mein geliebter Rivale!

Ich war der festen Überzeugung, das er der Letzte in der Nahrungskette war, für den die Zukunft noch reichte. So bekämpfte ich ihn nicht aus persönlichen - sondern einzig aus ökonomischen Gründen und ich tat dieses oft ohne Rücksicht auf Verluste.

Nun war mein Bruder in frühen Kindertagen ein Bild von einem Knaben wie alte Fotos belegen (von mir gibt es nur wenige), blond gelockt und blauäugig, schien er geradewegs aus einem jener Bilder zu entspringen, die wie Fruchtbarkeitsgeister nackte Kinder in idyllischer Landschaft zeigten, und wie eine Mahnung über fast jedem Ehebett hingen.

So vorzeigbar und konträr zu mir stand er natürlich auch im Mittelpunkt aller Bemühungen. Irgendwie sehr typisch für das Bürgertum in dieser Zeit, das mit dem Hollywood-Klassiker »Jenseits von Eden« eine filmische Abrechnung erfuhr. So war der ewige Zank unter uns Brüdern vermutlich sinnbildlich für eine Zeit, die im Schatten der schwarzen Pädagogik das Recht des Stärkeren formulierte.

Dahingehend war im Grunde auch der vermeintlich privilegierte Bruder bei genauer Betrachtung nur so frei, wie es einem Höfling möglich war, der in der Gunst des Königshauses stand.

Stets auf Abruf bereit, vernünftig bis zum Seelenmord war manches Privileg auch Last.

Denn die Königin verlangte stets einen Preis.

So beneidete ich ihn zwar um die Gunst des Königshauses, nicht aber um die Bürde der steten Gefälligkeit.

Ein Wunsch wurde oft zur Qual, wenn er sich mit der Hoffnung der Königin verband. So wie jener der meinen Bruder nicht nur in Besitz eines Akkordeons brachte, sondern auch in die Musikschule der Gemeinde. Die Königin achtete mit Argusaugen darauf, das nun der kleine Volksmusiker auch nicht vergaß, seine Übungen zu machen, wobei sie es sich vorbehielt den Zeitpunkt zu bestimmen. Wenn der familiäre Anlass es verlangte „durfte" er aufspielen!

War der vernünftige große Bruder auch stets bemüht, so hielten sich doch Talent und Lust hierbei zunehmend in Grenzen.

Als am Ende all´der vergeblichen Mühe endlich die Musik mit einem letzten Akkord verklang, legte dieser sein Instrument behutsam in den Koffer wie einen Toten, den man zu Grabe trug und begrub es für alle Zeit!

Er schüttelte sich tief im Innersten, als wäre er von einer langen Krankheit genesen, und war froh, das nun auch die Königin ein Einsehen hatte.

So stand er in seinem Eifer zwar oft auf der Bühne, wo ich nur Publikum war, doch die Liebe die er sich erhofft hatte, war dort auch nur Inszenierung.

Der redliche Bürger

Im Geiste der 70er wo der Postler die Pakete noch in Dienstuniform an den Mann brachte, und dieser ebenso wie eine Amtsperson erschien, wie der Polizist, den man respektvoll mit Herr Gendarm ansprach, war die Welt von „Herrn und Frau Müller" noch im rechten Maß.

Zwei staatliche Sender informierten den Bürger über das neueste vom Tage, sofern man im Besitz eines geeigneten Geräts war, auch die Zahl der Printmedien, welche den Weg in die bürgerlichen Wohnstuben fanden, blieb meist überschaubar.

So wie die Informationsquellen blieben in diesem Umfeld auch die geduldeten Wahrheiten dem eigenen Ermessen untergeordnet.

In einem solch »geordneten« Umfeld stellte man die Dinge nicht infrage, man pflegte die Tradition. Der vermeintliche Aufstand am Stammtisch gleichgesinnter war meist nur ein biertrunkener Protest, der im Härtefall so schnell zusammenfiel wie der Schaum des benannten Getränks.

So wurde am Stammtisch die große Politik vom kleinen Mann kritisch unter die Lupe genommen.

Die Revolution der Scheinheiligen wuchs, mit dem Eifer derer die das ihre Zutaten. Der Rauch, der wie ein Nebel des Grauens über den Köpfen der Revolutionäre lag, fiel wie ein sanfter Schleier über das Haupt derer die in der Euphorie scheinbar alle Seite an Seite mit Andreas Hofer standen.

Man hielt fest das „die da oben" sowieso alle Gauner sind und man würde ja an deren Stelle ....

Da wurde gehängt und gemeuchelt, geschossen und die vermeintlich gute alte Zeit heraufbeschworen.

Ja am Stammtisch und im Kinderzimmer da hoben die Bedeutungslosen ihre Fäuste.

Jene, die im öffentlichen Leben eine schweigende Mehrheit bildeten!

Brave Leute, die der Obrigkeit keinen Verdruss machten. Die ihr karges Dasein fristeten im Schatten derer, die von Bedeutung waren, oder jener die es zu sein Vorgaben. Menschen, die redlich ihr Brot verdienten, deren Erziehung zum Untertanen vom Vater zum Sohn ein reibungsloses Funktionieren gewährleistete. Eine Tyranei derer man sich wohl bewusst war, die man aber im kollektiven Einvernehmen verleugnete. Keiner brach das Schweigen!

❖

Das Dorfgericht

Mehr noch als das Fegefeuer fürchtete Muttern das Dorfgericht, aber rief es selbst immer wieder an wie eine Hexe den Teufel. Jenes imaginäre Tribunal das wie ein Gottesgericht von Ohr zu Ohr, von Mund zu Mund durch die Gassen wanderte. Das die "Wahrheiten" auslegte wie Rattengift.

Was sollen die Leute von uns Denken wenn du ….!?

Wie eine Anklageschrift lagen jene Bedenken im Raum, die eigene Unvollkommenheit dokumentierten.

Nur in den "eigenen" vier Wänden tagte kein Gericht jenseits derer, die ihre Gesetze selbst schrieben. Dieser Bereich unterstand allein dem Hausherrn. Hier regierte man noch in alter Tradition nach eigenem Ermessen oder bereite mit Gleichgesinnten die fiktive Anklage gegen dritte vor.

Meist tat man dieses im Kreis Anverwandter oder Kollegen, man gründete gewisser Maßen eine Art Bürgerjustiz.

❖

Am Wochenende übte man mit großer Gestik für die öffentliche Bühne, für das Schaufenster der Eitelkeiten vor heimischem Publikum. Auch wenn man letzt endlich nie wirklich den öffentlichen Diskurs wagte, konnte man im Zweifelsfall bei einem vergleichbaren politischen Statement, triumphierend darauf verweisen dass das genau das sei was man schon immer gesagt hat!

So gab Vater den Weltversteher, während Mutter die Wochenration des Freitagseinkaufs auftischte. Es ist ja nicht wie bei arme Leut`, so erläuterte sie ihr tun, und niemand wunderte sich über die Zurückhaltung der eigenen Kinder am Tisch, taten sie es doch selbst auf gleiche Weise an jenen Sonn- und Feiertagen an denen sich die Familien trafen oder wenn man im Bekanntenkreis auslotete, wer der größte Häuptling ist.

Den Rest der Woche gab es übrig gebliebenes, Muttern achtete mit jedoch mit Argusaugen darauf, was weg musste und was nur für Vater reserviert war. Das Ritual der Scheinheiligen im vertrauten Kreis war so bekannt wie eingeübt und funktionierte in der Regel ohne Störungen.

Man hielt Gericht über die kleinen Vergehen der Kinder, und beteuerte, es nur mit besten Absichten zu tun. Meist aber gab man sich keine

Blöße vor der Verwandtschaft, und jeder wusste, welche Rolle im zugedacht war.

Da wo ein falscher Zungenschlag dich vors "Familiengericht" brachte und Muttern vorsorglich ihre schwere Last beklagte, wenn sich die Kinder "daneben" benahmen, zerriss keiner den Schleier kollektiver Scheinheiligkeit. - Man schlug nur hinter verschlossenen Türen.

In meinem kindlichen Paralleluniversum noch zu jung, um des Gesetzes Ratschluss zu verstehen, erforschte ich meine kleine Welt (die kaum über ein dutzend Häuser hinaus reichte) ohne falsche Scham, und brachte Muttern mit meinen "kleinen Verbrechen" mal in Verlegenheit, mal in Rage. So wie an jenem Tag als ich bei einem meiner Doktorspiele mit den Mädchen der Nachbarschaft nach der Erforschung des kleinen Unterschieds kurzerhand einen Stein in die "Wunde" steckte. Drei Wochen Hausarrest und ein öffentliches Fremdschämen waren die Konsequenz!

Die Rolle des Opfers fiel mir zu, als meine Leute aus Angst vor dem öffentlichen Urteil versuchten, einen Haushaltsunfall zu vertuschen.

Ich war kaum sieben als ich an einem regnerischen Nachmittag auf jenem Platz saß, der jenseits der elterlichen Sitzgelegenheiten eine integrierte Spiel- und Essgruppe für meinen Bruder und mich vorhielt. Tisch und Bank waren hierbei in Kindeshöhe und fest miteinander verbunden. Beides war direkt an den Herd geschoben, mein Platz war jenseits des offenen Endes, so das mir der Sprung aus der Gefahrenzone nicht mehr rechtzeitig gelang, als der alte Pott voller Kochwäsche kippte und herabstürzte. Fast rasend vor Schmerz schrie ich und wälzte mich am Küchenboden. Ich bekam eine Backpfeife, damit mein Schreien verstummte. Vater hielt mich fest und Muttern knöpfte mein Hemd auf. Nach dem mein Arm gesalbt und verbunden war, steckte Muttern mich ins Bett. Am nächsten Morgen ging ich wieder zur Schule.

Der Schmerz wurde nicht geringer mit den Tagen, veränderte sich aber durch den Druck, der unter dem Verband zunehmend größer wurde. Die nächtlichen Schreie von unruhigem Schlaf aufgeschreckt blieben ebenso ohne Konsequenz wie das offensichtliche Handicap in der Schule. Niemand wollte sich die Finger verbrennen (makaberes Wortspiel!). Als der Verband endlich geöffnet wurde, zierten meinen Arm Blasen die mit Flüssigkeit gefüllt und in diversen Farben schillernd einen Anblick boten, der nur noch eine Entscheidung zuließ. Viele Wochen Krankenhaus, und ein vorhersehbarer Besuch der Polizei zuhause folgten. Speziell Letzteres rief bei Muttern wahre Panikattacken hervor.

Ein Polizeiwagen vor unserer Tür,

-„Bei uns!"

Mit übertriebener Gestik tobte sie, wies auf ein Verbrechen im Nachbardorf hin und auf die zu milde Strafe an jener Stelle. Aber bei unser eins seid ihr da, protestierte sie lautstark! Letzt endlich aber war der Wachmann vom Dorf und man tat sich nicht weh.

Der Fall Gustav G.

Wochenlang schon berichtete ein großes Boulevard-Blatt über die Entwicklung im Fall Gustav G. Die Bestie Gustav G. prangerte es in fetten Buchstaben einem auf dem Titelblatt entgegen. In jener dünn besiedelten Gegend in der sich kannte auch das ein Fall fürs Volksgericht.

Wie es in der Zeitung zu lesen war, gingen an jenen verhängnisvollen Tag als eine Papierfabrik im Grenzbereich unserer Kleinstadt in Flammen auf.

Von weithin sichtbaren Rauchschwaden angelockt, zogen viele Schaulustige in Richtung dieses Gewerbegebietes, auch einige Schulkinder veranlasste dieses Ereignis zu einem kleinen Umweg. Unter ihnen zwei Mädchen, die sich zu diesem Zweck auf einen schmalen Feldweg begaben, der durch eine Auenlandschaft führte. Dort gerieten sie in die Fänge von Gustav G., nur eine kam zurück!

Gerüchte gingen von Ohr zu Ohr, jemand hat was gesehen, jemand hat was gehört, oder kennt jemanden der etwas gesehen oder gehört haben will. Die ersten politischen Flyer wurden verteilt, die die Wiedereinführung der Todesstrafe für diese grausame Tat forderten.
Eine latent spürbare Atmosphäre einer potenziellen Lynchjustiz, genährt durch die reißerische Berichterstattung einer großen Boulevardzeitung hing wie eine dunkle Wolke über der Gemeinde.
Da der Name des Täters in diesem Umfeld häufiger vorkam, tat sich hier noch ganz nebenbei ein kleines Geschäft für die Zeitungen auf. Der Wirt Gustav G. gab mit großen Buchstaben in einer Anzeige bekannt das er mit der Bestie Gustav G. weder verwandt noch verschwägert sei, andere taten es im nach.
Letztlich gipfelte es darin, das ein altes Familienbild des Täters, in der Presse zur Schau gestellt wurde.

Gustav G. jr. war einer von ihnen, ich erkannte ihn sofort, war er doch lange mit mir in dieselbe Klasse gewesen.

Ein scheuer stiller Bub war er von zarter Gestalt. Unscheinbar und verängstigt saß er damals in jenem Klassenzimmer, das seine zweite Hölle war. Beute für die Barbarei seiner Mitschüler. Besonders Anton R. ein halbstarkes Großmaul aus der Klasse sah in ihm ein bevorzugtes Objekt für seine sadistischen Spiele.

Wie oft stand ich dabei in kindlicher Grausamkeit, wenn die Lehrkraft nach dem Pausengeläut das Klassenzimmer verließ, und immer wieder das gleiche gnadenlose Zeremoniell ablief! (Vermutlich schwieg ich auch aus Angst heraus, selbst zum Opfer zu werden)

Wie zufällig bewegte sich Anton immer nach Beendigung der Schulstunde an Gustls Schreibpult vorbei, und schubste "rein zufällig" das Pedal mit den Schreibutensilien vom Tisch.

Blöder Hund, schimpfte der Geschädigte leise! Anton entschuldigte sich umgehend mit betonter Ironie, um nach einer kurzen Pause nachzuhaken:

"Was hast du gesagt …?"

Aktion – das Spiel begann!

Einer von der Klasse lief zur Tür und stand Wache, die Andere schlossen den Ring um die Beteiligten.

Showtime!
Anfang erkundigte sich der Lehrer noch, warum der Schüler weinte(dieser aber wusste um seine Lage und schwieg!), irgendwann hatte man sich an die Heulsuse gewöhnt.

Pause für Pause, Tag für Tag, niemand dachte ernsthaft daran, dem Treiben ein Ende zu setzen.

Wir handelten in der gleichen Weise, wie wir es in unserem Umfeld immer wieder vorgelebt bekamen.

Wir waren Täter, den wären wir nur Mittäter gewesen, hätten wir uns einzig des Wegschauens Schuldig gemacht.

Nein, wir haben nicht weggeschaut, wir haben es genossen.

Wir waren Täter!

Was machte wohl seinen Vater zu jener Bestie, die nun die Titelblätter schmückt?

Welche gepeinigte Seele verübte hier ihre Rache an einem unschuldigen Kind?

Welcher Schmerz ließ aus einem vielfachen Familienvater einen Kindesmörder werden?

Auf der Suche nach den Verantwortlichen führte mich mein Weg auf den Flur, dort hing ein Spiegel!

Und steht das Verbrechen auch jenseits mildernder Umstände, noch kann ich das Leben jener vermeintlichen Bestie zurückverfolgen, mein Schweigen im Fall seines geschändeten Sohnes lässt mein Urteil zweifelhaft erscheinen, und in diesem Schatten stand ich mit vielen die nun nach dem Henker riefen.

2. Kapitel

Verraten und Verkauft!

Der Umzug

Ich zählte gerade 13 Jahre, von jenen Tag an, an dem der Tag meiner Geburt dokumentiert war.

Jener Tag, an dem ich das seltene Privileg genoss, mehr zu sein als nur geduldet.

An diesem Tag an dem ich hoffen durfte mal mehr zu bekommen, als die abgelegten Sachen aus dem Altbestand meines großen Bruders.

Jener Tag an dem meine Tante mich mit einem Geburtstagsgeschenk, oder einen Geldschein beglückte, Letzteres wurde mit den Worten „der kommt ins Sparschwein" umgehend einkassiert.

Aber etwas war anders an diesem 13. Geburtstag:

In freudiger Erwartung sprang ich aus dem Bett, heute war mein Tag!

Es gab Frühstück wie immer, etwas konsterniert stellte ich fest, dass niemand von meinen Geburtstag Notiz zu nehmen schien.

Es wurde Nachmittag und ich dachte, aber die Tante kommt ja noch, die kommt immer!

Niemand kam . (Mit berechnender Erwachsenen-Logik hatte man im Nahbereich des bevorstehenden Umzugs wohl beschlossen die Kosten einzusparen, und offensichtlich auch Anverwandte in diese Entscheidung einbezogen) .

Es wurde Abend als Muttern sich letztlich meiner Erbarmte und noch schnell ein Matchbox-Auto aus den Dorfladen holte.

So verblasste der Tag mit meiner Hoffnung, in diesem Jahr als wir wegzogen in jenes Haus, das mit erheblicher Eigenleistung entstand, neben Vaters Vaterhaus kaum 15 Km entfernt von der alten Heimat, und doch kannte ich Vaters Leute nicht bis zu jenem Tag an dem die baulichen Aktivitäten (in die auch mein Bruder und ich jenseits der Schulzeit regelmäßig eingebunden waren) ihren Anfang nahmen.

Gleich nach dem Umzug wurde die alte Rangordnung wieder hergestellt und Vater unterwarf sich seinen alten Herrn alsbald in bedienungsloser Kapitulation.

Einen mürrischen verbitterten Mann, gnadenlos und von gewohntem Ton, der keinen Widerspruch zuließ.

Einem Mann der im Dorf Ansehen genoss und der gerne nach Großmanns Art feierte im großen Stil, und jeden einlud, der im vom Nebentisch kurz zusprach.

So gesellig schien er in solchen Momenten der öffentlichen Gastlichkeit, als gäbe es nur diese eine Seite von ihm.

Nichts wies darauf hin in jenen Momenten familiärer Harmonie, das Knechtschaft und Unterwerfung jenseits aller demokratischen Gepflogenheiten ihren täglichen Tribut forderten in einer anderen Welt.

Dort wo der Sohn untertänigst auf die Gnade des Herrn wartete.

„Bua owa do!" (Bursche runter mit dir) schallte es regelmäßig vom Hof, kaum das Vater von der Schicht kam. Wie vom Blitz getroffen lies Vater der nach der Arbeit zuhause aß den Suppenlöffel fallen und folgte dem Befehl.

Meist wurde es Abend, bis Vater dann zu seinem Süppchen kam und zu Bett ging.

Mit derselben Selbstverständlichkeit hatten natürlich auch die Enkelkinder zur Verfügung zu stehen!

Angesichts dessen aber das er seine „Angestellten" aber auch leistungsgerecht entlohnte, schien im der in Ungarn zur Jahrhundertwende aufwuchs (1901) als überzeugten Kommunisten jede andere Ordnung ein neumodisches Zeug, das nicht von Bestand war.

❖

Die Lehrjahre

Wer kennt sie nicht die Frage aller Fragen die Hänschen und Fränzchen entgegen gesäuselt wird seit ewigen Tagen:

„Na Franzi, was willst du mal werden wenn du mal groß bist?"
(Nicht so ein Heuchler wie ihr würde ich heute sagen)
Artig antwortete ich: Bastler, Schnitzer, Clown oder Dichter. Alles das natürlich Aussagen von kindlichen Gemüt und jenseits eines „anständigen" Berufs im Sinne derer die das Maß bestimmten. Brotlose Kunst all` dies` im altbürgerlichen Lager und somit nichts was meinen kindlichen Wunsch nach Anerkennung entgegenkam. Irgendwo schnappte ich den Begriff des Kochs auf und fügte ihn meiner Wunschliste bei.

Schon bald erkannte ich, dass mir diese Angabe den gewünschten Erfolg bescherte.

Das ist gescheit!
Das ist vernünftig!
Bravo!

So hatte ich der nie als vernünftig oder gar gescheit galt, unerwartet einen Weg gefunden der mich presentierbar machte.

War mir auch die Verführung nicht bewusst.

Nicht das Maß, oder gar eine Perspektive, so spürte ich doch die dankbare Anerkennung, die ich als Sorgenkind für diese Aussage erntete.

Mit diesem „Wunsch" hatte ich mir eine Eintrittskarte vorzeigbares Familienmitglied erworben.

Es war beschlossen!

Ich war noch keine 16, als die Lehre begann.

Ich einen Traum träumte, der eigentlich nur die Erfüllung einer Fremderwartung war. Der die Hoffnung nährte, auch mal wer zu sein. Ein Traum, der vielleicht nur den Wunsch nach Zugehörigkeit ausdrückte. Ein Wunsch, der meiner Illusion Flügel verlieh. So nach und nach erwachte ich mit der Erkenntnis, dass es nicht mein Traum war.

Eine Zeit des ersten Erwachens sollte es werden,

aber auch eine Zeit der Abnabelung und der Suche, denn vor dem Hintergrund einer ländlich eher weitläufigen Struktur und mangelnder Mobilität war eine solche Lehre in der Regel mit Kost und logier und entging sich der elterlichen Aufsicht. Freiheit mit Hindernissen, ich entzog mich nun auch der häuslichen Kontrolle, es entging mir jedoch nicht, das ich jenseits der emotionalen Reife bzw. Freiheit anderer Auszubildender, spürbare Defizite aufwies.

Meine Freiheit beschränkte sich darauf nicht gezwungen zu sein. Dem Dienstherrn unterstellt, war ich aber bemüht meinen Auftrag zu erfüllen.

Gerade in einer Branche wie dem Gastgewerbe bedeutete dass zwar auch eine gewisse Verfügbarkeit, denn es war üblich, dass das Personal direkt in einem Anbau, oder im Obergeschoss des Dienstgebäudes gastierte. (Was ein stückweit auch der geschichtlichen Abstammung dieser Tätigkeit als Hauspersonal entsprach!)

Dieses war vor allen Dingen auch elterlicher seits so akzeptiert, da meist ein weiteres Kind studierte, und damit die Lehre des anderen auch vor den finanziellen Mehraufwand durch das Studium hierin eine Entlastung gesehen wurde. So war es zu jener Zeit oft, sodass die soziale Spaltung sich nicht nur in den Schichten ausbildete, sondern mitten durch die Familie ging.

Nun waren Lehrlinge wie wir jenseits des Eigeninteresses des Dienstherrn aber weitgehend unbeaufsichtigt und die Stadt lockte mit Musik und Abenteuer.

Mit der Leichtigkeit der Jugendjahre entdeckten wir die Nacht.

Maria ein Bauernmädchen, deren Adlernase nicht ihr einziges vorstehendes Merkmal war.

Massimo, ein kleiner Italiener, den ich mit meiner Lieblingscousine verkuppelte.

Elisabeth, eine Küchenhilfe die einen Kleinkriminellen aushielt, und ich, erst zum Rauchen verführt dann als Selbstbedienungsladen missbraucht.

Nicht zu vergessen Wolfgang der Kellner und Betriebsgigolo, der den jungen Kolleginnen nicht nur das Servieren beibrachte!

Auch bei den Mitarbeitern eines großen Möbelhauses sprach sich schnell herum das an dieser Stelle, junge Küken eine leichte Beute abgaben.

Maria bekam bald regelmäßigen nächtlichen Besuch von diversen Interessenten.

Sie liebte nicht nur das Leben, sondern öffnete auch ihre Schenkel so schnell wie ihre Zimmertür.

Franz, der Gangsterfreund von Elisabeth verschwand von Zeit zu Zeit, um seinen Geschäften nachzugehen.

Hier mal ein Fahrzeug umlackieren, dort mal 'ne Hehlerware verticken. Elisabeth, die im hörig war, zahlte bereitwillig für das Bett, das Sie ihm zur Verfügung stellte an den Arbeitgeber, der keine Fragen stellte.

Massimo und ich widmeten uns nachts immer
häufiger den Inhalt der Spielautomaten der Gaststätte, die wir durch eine zuvor geöffnete Kellerlucke betraten.

Zwischen angedachter Leibeigenschaft und
„grenzenloser" Freiheit nutzten wir unsere Möglichkeiten.

Das Gesetz der Straße war uns bald vertraut!

Fern von Kuschelpädagogik und Zigeunerromantik wurden wir zu Vagabunden der Nacht. Im
Halbschatten unsrer Wächter zerrten wir an unseren Ketten. Verbotene Freiheit, zu jung um anzuhalten!

Doch trotz vermeintlich neuer Freiheit war
ich fern eines Traumes. Was einst Berufung schien

war schon längst zur Qual geworden.

Meine Freiheit war ebenso inhaltsleer wie
mein Job, ich blieb nach wie vor ohne jegliche
Perspektive, ich lebte immer noch kein eigenes
Leben.

Etwa eineinhalb Jahre waren vergangen, als
ich meinen Dienstherrn alles vor die Füße
schmiss, ich hatte die Nase voll (sehr zum Entsetzen meiner Eltern!).

Mit Engelszungen und angedrohter Verdammnis wurde ich jedoch erneut weich gekocht, was angesichts mangels eigener Visionen meist ein erfolgversprechendes Rezept war.

So war auch die Frage: Was willst du eigentlich,

in diesem Zusammenhang eher eine Nötigung, als echtes Interesse?!

Die üblichen Verdächtigen wurden bekniet um ihre Beziehungen spielen zu lassen.

Öffentlich jedoch erweckte man den Eindruck, als wäre man höchst persönlich von Tür zu Tür gegangen um eine neue Lehrstelle zu finden und beklagte lautstark die undankbare Jugend heutzutage. Da man selbst ja in schweren Zeiten immer ein dankbares Kind gewesen sei dass glücklich gewesen wäre wenn ……..!

Eine Heuchelei, die auch im größeren Umfeld so immer wieder zu beobachten war.

Letztlich war es das von klein an praktizierte Spiel der vermeintlich selbstaufopfernden Eltern, die unter der verantwortungslosen Haltung des eigenen Kindes zu leiden hatten!

Das dahinter ein nicht unerheblicher Anteil Eigeninteresse, ein Vorspiegeln falscher Fakten, und eine langjährig einstudierte Erpressung stand, wurde in der Regel nicht erwähnt.

Ich kam in das Erholungszentrum bei Wien.

Ein durchaus besseres Haus, das der Gewerkschaft gehörte. So nah bei der Landeshauptstadt und doch tief im Nichts.

Bungalows, Sauna, Hallenbad, und die obligatorischen Zimmer für das Personal.

Die Küche des Restaurants wurde von einem jungen Ehepaar geführt. Dem Mann dem als Küchenchef die Leitung unterlag, einer versierten manchmal zur Gewalt neigenden Person, und seiner Frau, die für die Backabteilung zuständig war.

Da stand ich nun, mit dem Versprechen eine Lehre zu Ende zu bringen (Dann hast du einen Beruf, dann seh`n wir weiter!).

Wieder ausgeliefert!

Ein Kollege zeigte den Küchenchef wegen seiner Neigung an. Ein anderer kam mit seinen völlig geschockten Eltern, die Auskunft über den nervlichen Zustand ihres Sohnes verlangten. Dieser benannte mich als Zeugen.

Ausgerechnet mich!

Auch meine Eltern waren schon zu informellen Gesprächen da gewesen, aber eher, um sich die Sorgen des Ausbilders anzuhören.

Im chauvinistischen Ton plauderte man über Lehrjahre die nun mal keine Herrnjahre seien,

Und alte Werte wie gesundes Misstrauen, gesunde Härte, und gesunden Respekt.

Dann fuhr man mit einem Gefühl von Wichtigkeit wieder nach Hause.
Freikarte ausgestellt.

- Ich sollte bezeugen!
Von Angst getrieben, leugnete ich, was offensichtlich war. Schuld und Scham begleiteten meine falschen Beteuerungen.
Ich hasste mich für diese Feigheit!

❖

Kein Weg zurück

Erst im zweiten Anlauf gelang der Abschluss der den Akt vollendete, der mein Versprechen einlöste.

Die elterliche erhoffte Läuterung war ausgeblieben ebenso wie ein neuer Plan für mein Leben. Wahrscheinlich hatte es aber auch niemand wirklich erwartet, denn da wo ich nicht getrieben war da trieb ich dahin.

Etwas Schweres lag wie Mehltau über mir, mir war die jugendliche Leichtigkeit ebenso fern wie ihre unbekümmerte Frische.

Wonach sollte ich streben, nicht klug genug um eine Perspektive zu entwickeln, nicht dumm genug für einen Traum?!

Wie in einem Spinnennetz haben sich zaghafte Träume verfangen in den Hoffnungen und Erwartungen dritter. Um allen entsprechen zu können durfte ich selbst immer weniger sein, mehr und mehr geriet ich in eine ausweglose Situation. Wie entkommen?

(Mit der Wahrheit unserer Vergangenheit zu leben hieße das Wissen auszuhalten das wir auf Kosten unserer Selbstverwirklichung genötigt waren, die unbewußten Bedürfnisse unserer Eltern zu Befriedigen um sich ihre Gunst zu Verdienen !

Haben wir aber unsere Verzweiflung und die entspringende Wut nie gelebt und folglich nie verarbeitet werden wir das auf unser Opfer übertragen „ Frau, Kind, Untergebene")

(A. Miller)

Ich meldete mich freiwillig um meinen Wehrdienst abzuleisten (eigentlich nur, um Zeit zu gewinnen), landete bei den Pionieren, wo man drei Monate vergeblich versuchte mir den Gleichschritt nahe zu bringen, bevor ich dann letzt endlich doch wieder in der Küche landete.

In diesem Fall eine durchaus glückliche Entscheidung den es gab Personal im Überfluss und der Speiseplan war recht übersichtlich.

Neun Monate ohne Stress, klare Strukturen, Kameradschaft und ein Plan jenseits aller Zweifel. Etwas wie Ruhe schien mich zu erfassen.

Doch die Zeit war endlich, und die Endlichkeit trieb mich gnadenlos zurück in das alte Leben, in dem nach wie vor eine Frage offenstand.

Immer noch klebte die alte Logik in meinem Hirn und wurde im gewohnten Umfeld mit der gleichen Beständigkeit ewig gestriger „Weisheiten" bedient. Je größer meine Ohnmacht, des so bedrohlicher die Kulisse, die vor mir aufgebaut wurde, die Eskalation der Situation war zwangsläufig und langfristig unausweichlich!

Hilflos und überfordert wurde der elterliche Ton immer schärfer. Ich weiß nicht ob sie mich je verstehen konnten (oder wollten) oder ob sie mich nur ertrugen aus elterlicher Pflicht, sie ließen aber keinen Zweifel daran, dass meine Zeit ablief! (Da wo ich Hilfe erwartete, stieß eigene Verzweiflung an ihre Grenzen.)

Mutter bellte wie ein Hund am Gartenzaun: „Was willst du eigentlich, wenn du nicht bald was weiterbringst stecken wir dich in die Fabrik, wirst du auch nichts wie dein Vater?!"

(Auch Vater war in jungen Jahren vorzeitig von der Lehre abgegangen und wurde umgehend von seinen Eltern in die nächstgelegene Fabrik strafversetzt.)

Mehr und mehr zog sich die Schlinge zu, ich musste eine Entscheidung treffen.

Einfach weg, wie lange hatte ich schon mit jenem Gedanken gespielt!?

Nun endlich da die Verzweiflung stark genug war um all die Ängste und Illusionen zu besiegen musste es gelingen.

Das mögliche Scheitern hatte seinen Bann verloren. Der Untergang jetzt ein Preis den zu bezahlen ich bereit war.

Es entging Mutters Kontrolle offensichtlich nicht das meine Tasche gepackt und mein Sparbuch aufgelöst war ,denn in panischer Raserei rief sie Himmel und Hölle herbei um mich mit einen Bann zu belegen.

Das Geld bringst du morgen auf die Bank zurück, und dann suchst du dir eine Arbeit, sonst lasse ich dich entmündigen! Letztlich war wohl auch diese erneute verbale Erpressung die mich mit verzweifelter Entschlossenheit hinaustrieb in eine unbekannte Zukunft.

Es war Anfang April mein neunzehnter Geburtstag noch nicht lang vorüber und ich wartete bis alle schliefen.

Die Uhr schlug halb drei, als ich leise das Fenster öffnete und ich den Fuß in den Sand setzte, der dort ausgebracht war. In diesem Moment geschah etwas endgültiges etwas Unumkehrbares und ich nahm es hin wie ein Gottesurteil!

Die Dorfstraße entlang führte mich mein Weg durch eine Waldfurt die hinab ins Tal.

An einen kleinen Bahnhof am Rande der Stadt löste ich mein Ticket.

Wien Westbahnhof einfach.

Ein Taxi brachte mich zum Flughafen, ich drehte mich nicht mehr um.

Es war fast Mittag als die Maschine abhob, es flog in eine ungewisse Zukunft.

Zukunft, ein gewagter Gedanke?!

Wohin?

Frankfurt am Main, eine Ankunft die keine war.

Jenseits des Flughafens lauerte Betonia, staubige Straßen, Eisengitter und Hochhäuser die wie riesige Pfeiler in die Erde getrieben schienen. Menschen huschten wie ängstliche Laborratten über die Wege, im fahlen Licht der Dämmerung wuchs ihr Schatten zu einer schemenhaft bedrohlichen Gestalt heran. Stets die Wand entlang, verschwanden sie hinter namenlosen Türen.

Eine Stadt mit der Seele eines toten Hundes irgendwo im nirgendwo.

Ich blieb nur einen Tag!

Es war mir nicht ganz wohl als ich erneut am Flughafen saß, immer noch begleitete mich das Gefühl das meine Freiheit nur eine Illusion auf Zeit sein könnte.

Vielleicht sucht man mich schon?

Liegt mein Bild schon irgendwo hinterm Schalter?

Mein Blick ging nach oben dorthin wo der stetige Wechsel der Anzeige einen regen Flugverkehr dokumentierte. Ich studierte die Namen wie eine Landkarte, lotete meine Möglichkeiten aus: Sprache, Kultur, Geldmittel! Es war nicht die Vernunft die mich leitete, nein es war reiner Instinkt der in diesen Moment mein Handeln bestimmte.

Vernunft ist das Privileg der Glücklichen,
ich aber war ein Getriebener!

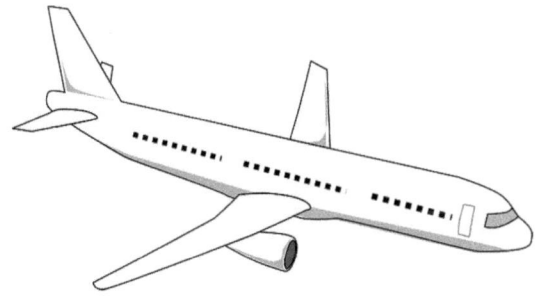

Hamburg stand mit großen Buchstaben auf einer Tafel, die mit bedrohlicher Schieflage unter dem Glasdach hing.

Hamburg, der Hafen, Freddy, Hans Albers, die Reeperbahn, das ist einen Versuch wert.

Hamburg – Fuhlsbüttel eine Landung im Grünen (1980) verhieß so etwas wie ein neues Zuhause, eine kleine Freiheit in einer Stadt in der ich keine Geschichte habe.

Ich nahm den ersten Bus in Richtung Innenstadt.

Endstation Jungfernstieg!

Mein Blick schweifte über die Alster, ich holte so tief Luft als wäre es das erste Mal.

Hamburg, hier sollte sich mein Schicksal entscheiden. Nichts in den Händen, nichts im Herzen – Kein Plan und keine Hoffnung, so trieb ich in diese Stadt die mich verschlang und umarmte im selben Maß.

In jedem Atemzug sog ich den Duft der Großstadt ein, jener Stadt die der Welt die große Freiheit versprach. Diesem Raum, der mir eine Heimat geben mußte.

Die Luft war klar und rein für einen Ort dieser Größe, und der Binnensee im Zentrum dieser neuen Welt gab ihr fast einen mediterranen Charme.

Jeans, eine abgenutzte Lederjacke und eine Sporttasche, Leichtmatrose im Meer der Großstadt.

Fünf Wochen perspektivisch vielleicht zehn dann würden meine Ersparnisse aufgebraucht sein, das Ende so nah wie der Anfang und doch … !
Nichts in mir wies auf die Verzweiflung hin die in dieser Lage eigentlich angebracht gewesen wäre. Etwas wie ein kalter Gleichmut hatte von mir Besitz ergriffen und eine seltsame Leichtigkeit mischte sich in die schwere meiner Gefühle!

Wie ein Paparazzo sah ich mich selbst in einer anderen Wirklichkeit, belustigte mich über meinen verlorenen Blick.

Neu geboren, aber als was!?

Ich schlenderte ziellos durch die Stadt, am Hafen gestrandet verkündeten die Schriftzüge eine Herberge, die wie eine Trutzburg über den Landungsbrücken thronte, weckten die Hoffnung auf ein warmes Bett und ein Frühstück am Morgen danach.

Auch die kommenden Wochen gestalteten sich im Wesentlichen nach dieser Art.

Frei aber ohne Perspektive irrte ich ziellos durch die Straßen und Parks.

Auf der Suche nach dem Traum den ich schon vor langer Zeit verlor.

Noch nicht ganz besiegt, und immer noch am Leben! Ausgespuckt von einer Gesellschaft für die Sensibilität ein Makel-, und Feingefühl eine Schwäche war.

Unter den Eindruck des milden Frühsommers am Anfang der 80er und der prekären Finanzlage ging ich alsbald dazu über mich die Nacht in einer Bar an einem oder zwei Gläser Cola festzuhalten, am Tage nutzte ich die Weite des Parks als Ruhemöglichkeit. Ich schlief unter der Sonne!

Ein Big Mac, eine Cola und Pommes für 5 Mark davon musste der Tag sich nähren!

Die Füße brannten in den dünnen Halbschuhen und das Jucken und beißen der Socken ließ die Geburt eines neuen Lebens erahnen. Meine Beinkleider eroberten nun fast täglich mehr Raum doch trotz zunehmender Mangelernährung drängte nie ein Gedanke an Rückkehr gar Reue sich in meine Misere, der Andere war gestorben im April 1980.

Ich hatte mich in einem englischen Pub mit den Angestellten und einigen Stammgästen angefreundet, Helga eine Barfrau in den 40ern, Singh einen Indischen Zuwanderer, Johannes den indonesischen Koch und den Alten Ben nebst Freund als zuverlässige Stammgäste.

Helga, die ich zu meiner Adoptivmutter erkor, war in ihrem Wesen von einer solchen bestimmenden sanften Dominanz, das sie es vermochte einen Raum zu füllen ohne andere zu bedrängen. Singh der indische Oberkellner ließ in seiner Art erahnen das er jenseits des deutschen Asylgesetzes eine privilegierte Vergangenheit verbarg. Johannes von leichtem versöhnlichem Gemüt kam mir erst später nahe und nicht zuletzt Ben ein trinkfreudiger Märchenerzähler ein Kirchendiener von Anfang 60. All jene und noch viele mehr hielten mich fest als die Schale des Ei`s zerbrach und das neue Leben begann.

Helga, die die Mutter vieler war, die trieben in den Untiefen dieses Lebens, war es auch deren Fürsorge mich leitete. Es war zweifelsfrei ihr Verdienst der mir die erste Einstellung als Koch und damit eine Perspektive im Hinblick auf benötigte Papiere ermöglichte.

Mit sanfter Entschiedenheit schob sie mich von einem Punkt zum nächsten. Gab mir Sicherheit, führte mich ohne mich zu zwingen. Zeigte mir eine andere Welt!

War der Job auch noch jenseits des offiziellen und die Einquartierung bei Singhs Landsleuten eine durchaus grenzwertige Erfahrung in einem Abbruchhaus wie sie am Grindel damals noch zahlreich waren, schlief ich mit einem Dutzend Asylbewerber ebenso im Schattenbereich des offiziellen, wie es vor dem Hintergrund meines Aufenthalts damals meiner ganzen Person entsprach.

Damals als noch die Europäische Gemeinschaft ein Kerneuropa definierte, welche zum Teil auch durch die europäische Wirtschaftsunion verbunden war. Österreich jedoch war bedingt durch im Staatsvertrag garantierte Neutralität hierin noch nicht vertreten.

Das Bedeutete das man wie jeder andere Bürger ohne staatliche Lizenz sich weder langfristig im Land aufhalten-, noch einer Arbeit nachgehen durfte.

Ich war also ein Illegaler!

Das bürokratische Wettrennen zwischen Amt, Anspruch und Wirklichkeit, lies mich erahnen was es heißt ein ungebetener Gast zu sein.

Ein fein ausgetüfteltes bürokratisches Hürdensystem ließ jede aufkommende Hoffnung zu einem Glücksspiel werden.

Letzt endlich war das Ganze nicht weit entfernt von einem Schneeballsystem, denn ohne Arbeit gab es keine Arbeitserlaubnis, diese jedoch erforderte meist den Nachweis eines festen Wohnsitzes, welcher eine Aufenthaltsgenehmigung voraussetzte.

Eine Aufenthaltsgenehmigung aber setzte eine Arbeitsgenehmigung voraus, die jedoch eine Arbeit voraussetzte, die man in der Regel nur mit festem Wohnsitz erhielt.

Es bedurfte Monate bis ich am Ende die nötigen Genehmigungen vorweisen konnte und ich offiziell existieren durfte. Monate in denen ich morgen durch das Toilettenfenster der Gaststätte stieg und im Rückraum mehrerer Hausfassaden die Küche durch das Fenster betrat. Monate in denen ich als Fremder unter Fremden in einem Keller verbrachte, in dem ein ominöser Vermieter mit großer Börse, und dem Blick eines gut gelaunten Luden, die Miete ohne Quittung einkassierte. Monaten wo ich nicht wusste ob ich am nächsten Morgen als Jäger oder Gejagter aufwachen würde, aber auch Tage der Freundschaft, des Mitgefühls und selbstloser Hilfe.

War ich auch immer noch unberührbar, so waren doch die Tage nicht mehr so düster und die Nächte nicht mehr unendlich.

Ein neuer Morgen brach an und alle Straßen führten in die Unendlichkeit!

Freiheit

Die Hoffnung starb im ersten Morgenlicht
sie fand das Tor zur Freiheit nicht -
Am frühen Morgen schon
bleibt vom Traum nur noch die Illusion.
Vom Schicksal ausgelacht
fürchtet mein Tag die Nacht.
Auf der Straße liegt ein zerbrochener Traum
ich geh`vorbei -
beachte ihn kaum -
Des Tages Müh` und Last
ich hab`sie abgelegt,
ich gehe ohne große Hast -
bleibe unbewegt.
Ich falle wie ein Blatt vom Ast
werde hinweg gefegt.
Irgendwo im nirgendwo -
Strandgut des Glücks-
Freiheit – Gott verdammte !

Angekommen!

Jenseits der Unendlichkeit war ich jetzt im Besitz jener Dokumente, die mir einen befristeten Aufenthalt zubilligten. Nun aber vom Stellenabbau in jenem Pub betroffen und nicht mehr in der unfreiwilligen Wohngemeinschaft wieder am Ausgangspunkt angelangt. (jetzt aber ganz legal!)

Doch mit meiner Pseudo-Familie im Hintergrund die mir immer noch die Treue hielt, vertraute ich in jugendlicher Orientierungslosigkeit meinem Schicksal.

Immer noch unberührbar, immer noch unverwundbar!

Es war »Mutter« Helga, die wieder aktiv wurde, mich schickte, und mich mit sanftem Druck „überredete" nicht am Wegesrand stehen zu bleiben.

Da ich billig und willig war und die Stellen in der Gastronomie bei den Einheimischen nur bedingt begehrt, war der Weg zum nächsten Job auch für mich kein all zu beschwerlicher.

Schwieriger war es jedoch, das Unterkunftsproblem zu lösen, doch da war ja noch Big Mama, die Ihre Hand über mich hielt.

Helga suchte, Helga telefonierte,
Helga überredete!

Mit sicheren Auftreten gewählten Worten und verbissener Entschlossenheit ebnete Sie mir den Weg zu einem neuen Zuhause.

Mein erster eigener Wohnsitz erwies sich zwar als Bruchbude in bester Wohnlage, die von einem Drachen bewacht wurde, war aber zumindest mittelfristig eine Lösung.

Ein umgebauter Geräteschuppen von ca. 8 qm, der mit einer Kaltmiete von 300 DM seine Lage großzügig einzupreisen verstand.

In jenem Haus im vornehmen Blankenese, das angesichts der Umstände, den Ansprüchen genügen mußte, sicherte mir ein eigenes Bett trotz prekärer Umstände mein Bleiberecht.

Augenscheinlich hatte die Villa Tolkmett ihre besten Jahre schon genau so lange hinter sich wie seine Hausherrin. Auch der Filzmantel in den sie stets wie ein alter Schlossgeist durch die Räumlichkeiten spukte, hatte wohl schon die Grundsteinlegung dieses Gebäudes, das auf einer Anhöhe unweit der Bahnstation stand noch in unbevölkerten Zustand miterlebt.

Hier also zwischen räumlichen Verfall und menschlichen Scheitern strandete ich nun in einer Wohngemeinschaft die einen „abgebrochenen" Medizinstudenten, einen verschrobenen Taxifahrer, einen alten Seemann, einer Filzlaus mit Hausrecht und natürlich auch mich beherbergte.

So wenig und doch so viel, bedeutete es doch das Ende einer Flucht!

Bedeutete es doch die Hoffnung auf eine neue Heimat.

War es auch nur ein kleiner Schritt in eine ungewisse Zukunft, so war es doch der eine Schritt voran, der es mir ermöglichte das Licht am Ende des Tunnels zu sehen, den Blick freigab hin zu einem neuen Leben.

Hoffnung vielleicht …!?

Bei Willi Bartels dem König von Sankt. Pauli (...der in den 70ern mit seinen sauberen Bordellen sein Vermögen machte) einem Hamburger Urgestein, der unter anderem auch das Hotel betrieb, in dem ich als Jungkoch einen Job fand. Eine Arbeitsstelle mit Blick auf den Hafen, ein Zimmer in Blankenese und ein Stempel im Pass, so wenig und doch so viel!

Mit der Leichtigkeit der jungen Freiheit war mein Raum voller Momente, nichts schien von Bedeutung jenseits des gegenwärtigen. Hatte ich auch keines der Probleme gelöst das mich bis hier her führten, lag auch der Schatten noch über mir, ich sah ihn nicht – wollte ihn nicht sehen. Mir war bewusst, dass jene Freiheit die vielleicht nur eine Illusion auf Zeit war, eines Tages im Schatten der Erinnerung wieder sterben würde, doch nun da ich alle Ängste durchlitten und selbst der

Tod seinen Schrecken verloren hatte genoss ich den Raum der es mir erlaubte für diesen Moment frei zu sein!

Wußte ich auch nicht, ob sich mir der Himmel öffnen würde, oder ob ich es mir in der Hölle einrichten würde. Ob ich mich meinen Geistern stellen kann, oder ob mein Scheitern eine Spur legen würde im Herzen Liebender.

Ich hatte diesen Moment, ich hatte die Ewigkeit!

Auf der Suche

Ein Jahr war vergangen in meinem neuen Job, in einem großen Haus das wie ein alter Herrnsitz über den Landungsbrücken thronte, als der Inhaber der bezeichnenderweise den Beinamen der König von St. Pauli trug die Immobilie wegen eines größeren An- bzw. Umbaus schloss. Ein „Liebesbrief" an die Belegschaft ergänzte hierbei den Inhalt eines Couverts welches das Weihnachtsgeld enthielt. Ein beiläufiges Angebot zur Übernahme in einen anderen Betrieb schlug ich wortlos aus. So führte mich mein Weg erneut zu einem kleinen Restaurant mit Familienanschluss, diesmal ein Haus mit bayrischer Grundausrichtung und bürgerlich deftiger Küche.

Siebzehn Jahre fand ich dort ein Zuhause, sah die Kinder der Inhaber aufwachsen, Kollegen die kamen und gingen - und jene die blieben. Sicherlich war der Umstand, das ich in der gesamten Zeit keinen höheren Lohnzuwachs einforderte hierbei ein nicht ganz unmaßgeblicher Grund dafür das ich dort meine Jugendjahre verlebte.

Erst die Aufklärung einer Kollegin die nach dem sie einer Personalsparmaßnahme zum Opfer fiel, es für angebracht hielt mich über Fakten zu informieren, die offensichtlich schon länger allgemein bekannt waren, beendete ich diese Beziehung. Hierbei war es aber keineswegs die nun erwiesene Unterbezahlung die mich veranlasste, erneut aufzubrechen, viel mehr war ich durch den offensichtlichen Missbrauch meines Vertrauens (eigentlich war es meine Leichtgläubigkeit) zu tiefst gekränkt!

Zu oft hatte man mich bei meinen ohnehin seltenen und eher zaghaften Versuchen um eine kleine Gehaltsausbesserung hinters Licht geführt, die Fehlzeiten eines unzuverlässigen Kollegen mit einen Anruf bei mir gelöst und mir einen besseren Lohn suggeriert. Meine Leichtgläubigkeit zum eigenen Vorteil genutzt.

Wieder betrogen, wieder auf den Weg!

Und dennoch, siebzehn Jahre die ich nicht missen möchte.

In dem ich in Umfeld meiner Pseudo-Familie zu einer Antiquarten Wohnung kam, meinen ersten Führerschein machte, eine herrenlose Katze adoptierte und ich die Folgen meines übermäßigen Zigarettenkonsums zu spüren bekam. Angesichts meines Standes also eine fast normale Jugend. Aber immer noch auf dem Markt begehrt und immer noch auf der Flucht vor den Schatten der Vergangenheit.

Reflexion

So vergingen die Jahre, und trotz latenter Beziehungsprobleme (soweit ich sie überhaupt zuließ) stellte sich in meinem zweiten Leben ein Rhythmus ein der es mir erlaubt jenseits von (offensichtlicher) Fremdbestimmung und Existenzangst (wenn auch auf niedrigem Niveau) ein Auskommen zu finden.

Es war jedoch auch nicht mein Anspruch nach höheren zu streben. Mir war zwar bewusst das ich meinen Seelenfrieden nicht jenseits eines sicheren Einkommens finden konnte, doch ich verknüpfte meine Vorstellung vom Glück trotz anderer lehren immer noch nicht mit einer Vorstellung von Wohlstand oder Status. Haus, Familie, all dies schien mir als Ziel eher eine potenzielle Gefahr für die neu gewonnene Freiheit als eine erstrebenswerte Fiktion für die Zukunft. So hielt ich mein Leben fest im überschaubaren Rahmen ohne nach der Unendlichkeit jenseits des Horizonts zu greifen. Ließ mich sogar überreden (von wem wohl?) wieder Kontakt in die alte Welt aufzunehmen.

Drüben hatte sich nicht wirklich viel verändert und mein erster Besuch trieb Vatern erwartungsgemäß permanent in die Flucht, denn mit festen Wohnsitz und Job im neuen Leben und mit der Sicherheit eines Überlebenden betrat ich das Elternhaus im Wissen um eine andere Unterkunft als ein freier Mann. So sah ich ohne die ängstliche Ergebenheit früherer Tage in Vaters Gesicht. Mit offenem Blick und der Selbstsicherheit eines "Neugeborenen" schickte ich ihm eine Botschaft.

Obgleich meine Sicherheit durchaus nicht so unerschütterlich war, wie ich es mit meinem Auftreten kundtat, verfehlte es seine Wirkung nicht und stieß meinen alten Herrn in einen dieser Konflikte, die er noch nie lösen konnte.

Eineinhalb Wochen auf der Flucht vor meinen Fragen, bedrängt im eigenen Raum. Muttern redeten sich frei von ersten Bedenken, versuchte Normalität zu dokumentieren und träumte von vermeintlich guten alten Zeiten.

So nebenbei erfuhr ich, dass mich offiziell niemand suchen ließ. Man litt zwar furchtbar und könne das alles gar nicht verstehen, sei aber darüber weg und jetzt wäre alles wieder in Ordnung.

Da waren Sie wieder die alten Dämonen! Meine Furcht damals am Flughafen offensichtlich unbegründet, Was die Leute sagen könnten, war letztlich die entscheidende Überlegung!

Muttern weinte als ich am Ende der Zeit angelangt den Zug bestieg der mich zurück in meine Zeit brachte. Vater verbarg mit Mühe aufkommende Gefühle. Bloß keine Tränen zeigen! Etwas wie Fieber breitete sich in meinen Körper aus.

Ein zweites Mal verließ ich die alte Heimat,
nicht mehr auf der Flucht, nicht mehr besiegt.

Wie in alten Zeiten ging ich von einem Raum
in den anderen, der Zug fuhr an.

Und wieder spürte ich diese Leere in mir.

Auf was hatte ich gehofft?!

Das Schicksal
(Friedrich Hölderlin)

Im heftigsten der Stürme falle
zusammen meine Kerkerwand,
und herrlicher und freier walle
mein Geist ins unbekannte Land!
Hier blutet oft der Adler Schwinge;
auch drüben wartet Kampf und Schmerz.
Bis an der Sonne letzte Ringe,
genährt vom Siege dieses Herz!

Traumräume

Die Stille schreit mich an -
in einem Meer von Raum.
Unendlichkeit bedroht mich
Wie im Traum greife ich ins Leere
ertrinke im Nebel der Willigen
kein Widerstand, kein Aufbäumen
Harmonie – zarte Grausamkeit.

Es stirbt mein Traum jenseits der Zeit
verblutet im banalen nichts
verendet in meiner Ewigkeit!

Distanziert betrachtet im Strudel der Getriebenen
stirbt ein Gefühl,
ein Duft zieht vorbei und vergeht.
Rastlos auf der Flucht vor den Gedanken
der Nacht
verbrenne ich meine Augen.
versuche zu vergessen
wie sie schreit die Stille der Nacht.
Jenseits der Zeit bedroht mich Unendlichkeit
In einem Meer von Raum
stirbt mein Traum
verblutet im banalen Nichts
erstickt mein Gefühl -
Ein Duft zieht vorbei und vergeht
und ich stehe hier jenseits der Zeit!

❖

...und am Ende doch nichts!

Jenseits von Not oder Überfluss stets bemüht nur so weit ins Wasser zu gehen wie ich den Grund noch sehen konnte, blieb stets im Seichten.

Achtete stets auf ein Maß das mich fern von Neid und Konkurrenz hielt, machte mich beliebt durch Freundschafts- und Vermittlungsdienste um am Ende immer wieder auf eine Art Familie zu hoffen. Das Scheitern war letzt endlich aber immer wieder so zwangsläufig wie der Versuch!

Jenseits dessen was mir vertraut war, hatte ich privat nur wenige Beziehungen.

Betäubte ich mich in zielloser Geschäftigkeit, stand als ehrenamtlicher Hausmeister ebenso zur Verfügung wie als Kummerkasten für die Bewohner.

All' dies` diente aber letztlich nur einen Zweck, es musste den offensichtlichen Selbstbetrug verbergen, das unausweichliche Scheitern.

Zwischen alten Ängsten, Sehnsucht und zwischen Gefühl

und Selbstverleugnung wurde ich im Kampf mit den Geistern die mein Leben beherrschten, genau das wovor ich floh.

Ich erkannte die Zwangsläufigkeit dieser letzten Wahrheit, die in derselben Logik von Generation zu Generation von Scheitern zum Scheitern führte.

Und wieder spürte ich diese Leere in mir, die mich festhält im Schatten vergangener Tage.

War meine Flucht nur ein Trick des Schicksals, um den schlimmsten Verrat zu verbergen.

Bleibt er ungesühnt dieser erzwunge Verrat an mir selbst?

Oder wird er mich befreien von jenem Schmerz, der mich quält.

Werde ich mich im Spiegel sehen oder werde ich mich wieder im Nebel verlaufen?

Bin ich frei, oder war ich nur fortgegangen ohne zu entkommen?

Was immer auch geschieht, es liegt nun in meiner Hand!

ENDE

Theo von Taane

3D Ice Hockey 2 in 1 Tacticboard & Training Workbook

The 2 in 1 Tacticboard & Training Workbook for fast creation of coaching instructions/game tactics and schemes, doesn't only offer sport specific preprints (playing field and space for notes), but also a cover, usable as a dry erase panel (whiteboard pen is needed).

ADVANTAGES:
- notebook with sport specific preprints (playing field) for fast and simple sketching of coaching instructions/game tactics and schemes

- If all pages of the notebook are used, the cover is still a dry erase panel (tacticboard)

- Due to a handy format, the notebook can be comfortably used in any situation (e.g. on the way or on the playing field)

- Perfect for spontaneous collection of ideas or as a memorization tool

- Practical handling due to easy pocket format ß

Bibliografische Information der Deutschen Nationalbibliothek:
Die Deutsche Nationalbibliothek verzeichnet diese Publikation in der Deutschen Nationalbibliografie; detaillierte bibliografische Daten sind im Internet über http://dnb.dnb.de abrufbar.

© 2016 Theo von Taane; 1. Auflage

Texte und Illustrationen: **Theo von Taane**

Herstellung und Verlag: BoD – Books on Demand, Norderstedt

ISBN: 9783739233284